산정묘지

오늘의 시인 총서 · 14

산정묘지

조정권 시집

민음사

차 례

1 山頂墓地

2 短行詩篇

1 山頂墓地

山頂墓地·1

겨울 산을 오르면서 나는 본다.
가장 높은 것들은 추운 곳에서
얼음처럼 빛나고,
얼어붙은 폭포의 단호한 침묵.
가장 높은 정신은
추운 곳에서 살아 움직이며
허옇게 얼어터진 계곡과 계곡 사이
바위와 바위의 결빙을 노래한다.
간밤의 눈이 다 녹아버린 이른 아침,
山頂은
얼음을 그대로 뒤집어쓴 채
빛을 받들고 있다.
만일 내 영혼이 天上의 누각을 꿈꾸어 왔다면
나는 신이 거주하는 저 天上의 一角을 그리워하리.
가장 높은 정신은 가장 추운 곳을 향하는 법.
저 아래 흐르는 것은 이제부터 결빙하는 것이 아니라
차라리 침묵하는 것.
움직이는 것들도 이제부터는 멈추는 것이 아니라
침묵의 노래가 되어 침묵의 同列에 서는 것.

그러나 한번 잠든 정신은
누군가 지팡이로 후려치지 않는 한
깊은 휴식에서 헤어나지 못하리.
하나의 형상 역시
누군가 막대기로 후려치지 않는 한
다른 형상을 취하지 못하리.
육신이란 누더기에 지나지 않는 것.
헛된 휴식과 잠 속에서의 방황의 나날들.
나의 영혼이
이 침묵 속에서
손뼉 소리를 크게 내지 못한다면
어느 형상도 다시 꿈꾸지 않으리.
지금은 결빙하는 계절, 밤이 되면
물과 물이 서로 끌어당기며
결빙의 노래를 내 발밑에서 들려주리.

여름 내내
제 스스로의 힘에 도취하여
계곡을 울리며 폭포를 타고 내려오는

물줄기들은 얼어붙어 있다.
계곡과 계곡 사이 잔뜩 엎드려 있는
얼음 덩어리들은
제 스스로의 힘에 도취해 있다.
결빙의 바람이여,
내 핏줄 속으로
회오리 치라.
나의 발끝에서 머리끝까지
나의 전신을
관통하라.
점령하라.
도취하게 하라.
山頂의 새들은
마른 나무 꼭대기 위에서
날개를 접은 채 도취의 시간을 꿈꾸고
열매들은 마른 씨앗 몇 개로 남아
껍데기 속에서 도취하고 있다.
여름 내내 빗방울과 입맞추던
뿌리는 얼어붙은 바위 옆에서

흙을 물어뜯으며 제 이빨에 도취하고
바위는 우둔스런 제 무게에 도취하여
스스로 기쁨에 떨고 있다.

보라, 바위는 스스로의 무거운 등짐에
스스로 도취하고 있다.
허나 하늘은 허공에 바쳐진 무수한 가슴.
무수한 가슴들이 消去된 허공으로,
무수한 손목들이 촛불을 받치면서
빛의 축복이 쌓인 裸木의 계단을 오르지 않았는가.
정결한 씨앗을 품은 불꽃을
天上의 계단마다 하나씩 바치며
나의 눈은 도취의 시간을 꿈꾸지 않았는가.
나의 시간은 오히려 눈부신 성숙의 무게로 인해
침잠하며 하강하지 않았는가.
밤이여 이제 출동 명령을 내리라.
좀더 가까이 좀더 가까이
나의 핏줄을 나의 뼈를
점령하라, 압도하라,

관통하라.

한때는 눈비의 형상으로 내게 오던 나날의 어둠.
한때는 바람의 형상으로 내게 오던 나날의 어둠.
그리고 다시 한때는 물과 불의 형상으로 오던 나날의
어둠.
그 어둠 속에서 헛된 휴식과 오랜 기다림
지치고 지친 자의 불면의 밤을
내 나날의 인력으로 맞이하지 않았던가.
어둠은 존재의 處所에 뿌려진 生木의 향기
나의 영혼은 그 향기 속에 얼마나 적셔두길 갈망해 왔
던가.
내 영혼이 내 자신의 축복을 주는 휘황한 白夜를
내 얼마나 꿈꾸어 왔는가.
육신이란 바람에 굴러가는 헌 누더기에 지나지 않는다.
영혼이 그 위를 지그시 내려누르지 않는다면.

山頂墓地 · 2

나는 말을 하러 왔지만 침묵만 지르고 말았다.
山頂이여,
내가 新綠의 눈으로 찾아냈던 너의 첫 글자여.
거기서 나는 다시 태어나고 움트면서
너의 언어에 깃들이고자 하였다.
씨앗들이 부풀은 흙을 발바닥에 익히면서
너의 언어와 생리를
낯선 이국어처럼 흡수하고자 하였다.
허나 그것들이 무슨 소용에 닿았단 말인가
그것들은 이미 내 귀를 스쳐 지나가고 말았다.
하나의 씨앗이 품고 있는 조그마한 기쁨과
거기 예비되어 있던 주검.
내가 영혼의 귀로 듣던
나무 뿌리들의 은밀한 대화,
그것들도 이제 바람소리처럼 내 귀를 스쳐 지나가고 말
았다.
말해 보라, 내가 출발해서 도착한 지점을.
해와 달과 그릇 그리고 지상의 열매와 같이
태초부터 原形을 지향해 온 것들.

씨앗으로 출발한 한 알의 곡식조차
태초의 原形을 지향하지 않았는가.
태초의 原形으로 회귀하지 않았는가.
말해 보라, 내가 도착해서 다시 출발해야 하는 지점을.
폭포를 거슬러 타고 오르며
상류의 출생지를 찾아가 필사적으로 알을 낳고 죽는
연어처럼
결국은 나로부터 출발하여
나로 다시 회귀하는 필생의 여정.
그렇다, 모든 도착점은 최초의 출발점.
어디가 빛으로 滿開하는 太虛空間인가.
저 아래 굽어보이는 도시여, 늙어버린 피부여.
삭발해 버린 땅
삭발해 버린 바위산의 空寂, 그 속에다 너의 언어를 解
産하라.
내가 가진
이 만성 기력상실의 수문장의 팔뚝과
의지박약의 槍을 버리게 하라.
명령하라.

칠십 먹은 주름살의 언어를 나의 언어에서 버리게 하라.
나와 나의 언어들을
자석처럼 몸을 붙이게 하라.

허나 지금은 쇳덩어리 같은 사방의 어둠.
밀려오는 쇳덩어리 같은 어둠.
壓殺되는 쇳덩어리와 쇳덩어리의 침묵.
한밤내 무력한 출혈.
누가 이 한밤중 쇳덩어리 속에 피와 신경을 통해 놓을
것인가.
누가 이 한밤중 쇳속에 깃들인 천근 침묵을 깨우며 應
戰하겠는가.
누가 이 한밤중 땅속 깊은 鑛石의 혈관을 터뜨려
우리들의 어둠 속에다 낭자히 수혈해 놓겠는가.

山頂墓地 · 3

1

5月은, 달리는 강물, 들소들의 콧김소리.
오렌지색 무늬를 등에 두르고
달려오는 들소들의 거친 숨소리.
정오의 태양은 中天에서 곤두박질치며
들판에 화살촉을 날리고,
바람은 실로폰 소리같이
大地의 실핏줄을 터뜨려
이미 흘러간 냇물줄기를 다시 끌어당기고 있다.
흙먼지 자욱한 바람 속에서
턱이 굳은 꽃들이 피고 있다.
아, 턱이 굳센 꽃들이 딛고 있는
땅덩어리 같은 힘, 그곳에서
고통이 나를 움트게 하고 나를 내딛게 한 것인가.
위대한 정신이여 오라.
영혼 속으로 방문하라, 두드리라.
지금 저 광막한 大地에서 북을 두드리는
강철 같은 打鍵, 저 소리들이 귀를 단단히 하고

무르팍을 곧추세우게 하였는가.
자, 들어보라, 그들이 오고 있다.
힘의 씨앗을 은밀히 마련하며
영혼 속에 기쁨을 부여하는 봄사냥꾼들,
북소리 울리는 大地를 두 발굽으로 들어올리며
달리는 봄사냥꾼들이
끌어 안으면서 넘쳐버린 유리빛 바다여,
위대한 정신이여, 다시 오라,
더 가까이 더 가까이
저 大地의 북소리 속에서
내 피를 푸르게 튀게 하라.
거기서 내가 듣던 꽃들의 은밀한 打鐘,
영혼의 마지막 날 하얀 성찬.
한 잎 한 잎 내 근심을 벗기어 주는
빗방울보다도 가볍고 작은 손들의 打鐘.
위대한 정신이여 한번만 더 오라,
돌밭에 발굽을 찍으면서 달려가버린
내 푸른 말잔등을 한번만 더
혼신의 힘으로 난타하게 해달라.

난타하게 해달라.

2

허나, 우리들의 낮 속으로는 거대한 밤이 뒤따르고 있다.
내 시계는 벌써 밤이었다.
나는 몇 번인가 그 밤을 찾아갔다.
초침 하나가 정거해 있는 황막한 大地의
황량한 역,
거기에는 모든 시간들이 정거해 있었다.
내 시계는 벌써 밤이었고
무수한 사람들이 헝겊으로 눈을 가리운 채
까마득한 낭떠러지 밑의 어둠 속으로 인도되고 있었다.
그해 여름 내내 내 노트에는
쇳덩어리 같은 암흑이 응고되어 있었다.
다음해에도 내 노트에는
쇳덩어리 같은 암흑이 응고되어 있었다.
우리들의 시계는 이미 밤이었고

초침 하나가 황막한 들판에서 녹슬어 가고 있었다.
나는 벌써 도착해 있었던 것이다.
그후에도 나는 몇 번인가 그 밤을 찾아갔다.
황막한 들판과 계곡, 강물.
밤은 푸른 파충류의 처녀 같았다.
나는 그녀와 함께 강가에서
우윳빛 달을 하나 놓아버리고
돌아왔다.
내가 갈대를 헤치고 강물 위로 띄워놓은 소쿠리가
神의 문간으로 도착하기를 기대하면서.

山頂墓地·4

山頂이여, 우리들이 쏘아올리는
조포소리를 들으라.
저 아래 大地 밑바닥에
광야의 아들이 누워 있다.

그의 입은 굳게 닫혀 있고
얼굴은 고통에 일그러져 있으나,
불의 文身은 아직 식지 않았도다.

태양의 징을 치며,
강한 깃털의 새를 모으던 억센 팔뚝은
기도하는 듯 가슴에 모아져 있으나
두 손목은 안의 쇠창살을 부여잡고 힘을 주고 있고,
두 무릎은 굳건히 뻗어져
아직도 폭풍을 견딜 듯 우뚝 설 것 같도다.

그는 大地의 어머니가 흙바람 속에 낳아서 기른
强風의 아들.
그야말로 폭풍우 속에서도 휘어넘겨진 벼이삭을 세운

여름의 아들.
　그야말로 폭풍우 속에서도 휴식을 취할 수 있었던
　大地의 아들이었다.

　공중에 나는 종달새와
　들판 메뚜기들의 친구였으며
　허리께까지 차오른 들풀들을
　쇠빗으로 순하게 길들이는 모래바람의 친구였다.

　그는
　시간의 높은 꼭대기에 계신 분에게
　맨 처음 거둔 포도 열매를 바친 경배자였으며,
　강가에서 잡은 물고기 다섯 마리를
　가난한 이에게 나누어주고
　광야의 돌산으로 올라가 굶으며 헤매다닌 예언자.

　홀로 있을 때
　그의 눈빛은 하늘 빛에 젖어 있었고
　조용히 기다리고 있었다.

먼 곳에 계시나 가깝게 느껴온 그분이 거두어 갈 가까
운 날을.

때가 되면 거두어 가리라.
때가 되면 거두어 가리라.
참담한 때가 오리라.
참담한 때가 오리라.
(때가 되면 내 대신 너를 거두어 갈 자 있으니……)

너는 너의 주검으로
너의 시대를 증거하기 위해 이 지상에 온 것이다.

장엄함이여,
우리들이 하늘에다 쏘아올리는
조포소리를 받으라.
여기, 大地의 아들 하나 무참히 꺾이어 누워 있노니
그는 우리들 중 또다른 누구이겠는가.
그가 누구였는가를
우리 모두에게 이해하게 해다오.

우리들의 눈 멀었던 세월들을. 시대들을.
빛의 어둠으로 밝음을 내게 말하게 해다오.
도끼들이 살해한 죽은 밤나무의 입술로 말하게 해다오.
무기들을 처형시킨 용광로의 불길로 말하게 해다오.
(위대한 사상을 고개 숙인 벼이삭이 없었던 것은 아니지만
그들은 시대의 허수아비가 되어
불러들인 새떼에게 곡식을 넘겨준 것이다)
사실을 말하게 해다오.
오랜 세월 방석을 뭉개고 앉았던
성직자, 승려, 권력자들이 왜 돈을 깔고 앉는가를.
왜 水晶들은 깊은 바위산에 숨어 성장하면서
빛을 내지 않는지를.
왜 雪山의 암굴에서
평생을 보낸 禪師들이 미쳐 갔는지를.

흐트러진 입들을 한데 모아 이야기하게 해다오.
세계를 苦辭하다 枯死해 버린 고치들을.
맑게 깨어 있는 정신의 빙벽을.
한 시대의 차라투스트라들을.

나에게 강한
새싹을 뿜어내는 死火山을.

山頂墓地·5

갈가마귀 울음 자옥이 잦아가는
언 하늘에
온통 시퍼런 靑竹을 치겠다.
삭풍이여, 삭풍이여,
우리를 다시 한 몸으로 묶으라.
또 한 차례 땅속 깊은 뿌리들을 출렁이게 하고
우리들을 다시 한 뿌리로 묶으라.
그리고 지상에 홀로 남아
칼을 입에 물고 노래하는 歌人을
오래 머물게 하라.
切腹의 시대가 온다.
삽과 망치와 깃대를
땅속 깊이 매장하고, 삭풍 앞에 나서
입에 문 칼끝을 삼키면서
스스로를 증명하는
切腹의 시대가 온다
한 뿌리에서 올라온 수천의 잎
다 찢겨가고
헐벗은 나뭇가지에 언 하늘 빛 뿜을 때

언 하늘에다
竹을 치며, 竹을 치며
자신의 발등에다
스스로 얼음을 터뜨리며
스스로 맨발로 얼음 위를 딛는……
스스로 증명하는 이여.
증명하는 이여.
切腹의 시대가 오고 있다.

山頂墓地・6

아녀자가 기른 蘭에도 향기가 없고
대장부가 기른 竹에도 氣品이 없다
세상 온 구석에
뼈를 찔러넣는 寒氣마저 없다.

山頂墓地・7

언제 보아도 山頂 위에는 바람 자고
오랜 세월 至高한 발길 머문
구름의 묘비명.
거기 새겨 있는 가사 없는 노래를
내 어찌 전할 수 있으리.
해마다 봄은 오고
봄은 와서 山頂의 새들에게 高山植物의 풀씨를 전하고,
골짜기와 계곡 눈과 얼음 속에서 三冬 겨울을 홀로 견딘
송이 향기를 내려보내 주건만
나는 오랫동안 잊고 있었는가.
石氷 사이 다시 흘러내리는 냇물과
폭포들이 전해 주던 노래하는 법,
혀로서 노래하는 法을.
해마다 山頂으로 꽃이 찾아와
풀꽃들은 바람에 흠뻑 취해 바람과 同行하고
햇빛은 나뭇가지와 잎새마다 생긴 일을 나날이 보도하네.
하지만 날개들은 더 먼 해안의 기류를 예감하리.
해안 기슭으로 수천의 물방울이 도착해서 빛을 滿載하
고 있음을.

오, 그대들 빛의 하역자들이여.
본시 그대들의 혀는 말보다도 노래를 위해 태어난 것.
그대들 혀로서 흠뻑 노래 부르고 싶지 않은가.
딱딱하게 굳어버린 말을 위하여 그대들 혀는 얼마나 혹
사했는가.
권태와 휴식으로 쓸모 없는 팔다리에 피를 다시 돌게
하고
五官을 다시 운행시키고 싶지 않은가.
봄은 나뭇가지의 五官을 활동하게 하고
잎새들은 꽃들의 활동을 노래하는데,
그대들, 지상의 거주자들이여, 혀로서 말을 쌓아올리고
의미만을 찾던 동공의 심연.
해마다 봄은 오고
봄은 와서 눈꺼풀을 닫게 하고
그대들의 삶의 나뭇가지마다 진딧물을 번식시키고 있지
않은가.
무수한 현인들이 삶의 開花를 위해 살충제를 뿌리고
무수한 哲人들 또한 성장촉진제를 생각해 왔건만,
오, 까닭도 없이 생겨난 허공에

둥그런 심연, 둥그런 無의 열매.
이미 일찍이 莊子의 담장 위에 걸려 있었던 것.
오, 그대들 어리석은 賢人들.
서재에 불상을 모신 쇼펜하우어, 들길을 거닐며 공자를
가르치던 에머슨, 禪房에 들어앉은 레비스트로스, 니
체, 랭보.
저 모든 유럽 탈출자들.
그들 또한 지상을 탈출하지 못하고 결국 지상에 묻히지
않았는가.
오, 그대들, 허공의 탈출자.
동양의 담장 위에서는 無의 성숙한 열매가 보이고
고아한 나뭇가지에는 시인이 빠져 죽은 달이 둥그렇게
걸려 있지 않은가.
그들이 부른 노래는 無의 노래, 가사 없는 노래.
그것은 차라리 도취의 노래가 아니었는가.

山頂墓地・8

저곳은
肉身이 무거운 자에게는 멀고도 험악한 곳.
또한 가벼운 자에게는
가벼움으로 인해 기슭으로는 가 닿을 수 없는 물결.
山頂이여, 햇발 치는 드높음,
내게는 언제나 숨가쁨이여.
언제 보아도 山頂은 머리 위에 高山 萬年雪을
지붕처럼 높이 받들고 있고, 저곳에는
고요한 잠과 열락.
일찍이 우러러 깨친 자들만이
둥그런 우주의 지붕 처마 밑에
노래받이 물통을 받혀 놓고
음악을 듣던 곳.
해마다 여름은 이곳에 찾아와
샘물의 封印을 뜯고
서늘한 그늘 밑으로 바람을 密生하고
갓 태어난 염소들의 입덮개를 벗겨준다.
사유하는 이마들이 殘雪을 헤치고 찾아내는
보랏빛 꽃, 그 속에 감춰진 한떨기 이슬.

수많은 계절이 찾아와도

여름은 萬年雪의 殘雪을 녹이지는 못하리.

바람의 釘이 며칠이고 계속 바윗속 얼음의 一角을

깨뜨리지 못하는 한.

그것들은 불의 혀로서도 타지 않으리.

왜냐하면 불은 이곳에서는 얼어붙는 혀. 기화하는 연기

이니까.

　오, 고요를 일으키며 잔잔히 파도 치는 雪風이여.

　너희들 雪風의 옷자락조차 또 한 차례의 고요를 기슭에

다 헌사하고 있지 않은가.

　오랜 세월 기슭에다 쌓아올린 시간의 고요여.

　깨울 수 없는 太虛의 고요,

　거기 깃들여 있는 神의 미소.

　그곳에서는 모든 성에꽃들이 빛을 사방으로 출발시키고

있지 않은가.

　빛이 도착하는 지점은 곧 출발의 회귀점.

　수많은 성에꽃들은 깊은 심해의 해류식물의

　형상을 취하고 있지 않은가.

　오 기묘함이여.

일찍이 이곳은 지각변동이 있기 전 가장 낮은
심해 한복판이었을까.
그리하여 물은 수백 년간 해류식물 사이를 흐르면서
형상들과 親化하며 제모습 속으로 흡인하는 본능을 키
웠던 것인가.
그럴지도 모른다.
물의 꿈은 형상을 취하고 제 혼 속에서 형상을 이루
는 것.
자연의 형상과 親化하는 인간들, 오 그대들,
高山植物처럼 고산지대에서만 사는 이들.
염소치기, 양치기, 목자, 점성술사, 禪師들.
북극성이 밤하늘을 횡단하는 여행자에게 한 모금의 샘
이 되듯
사유하는 이마에 삼각돛을 달고 항해하는 자들.
비와 눈과 얼음과 폭풍의 同行者, 시인들.
지상으로는 결코 내려가 쉬지 않는
구리발톱의 새와 親化하는 펜촉을 노래하고,
젖은 날개를 험한 절벽 끝에서 말리며 휴식을 거부하는
강한 영혼들을 노래하라.

지상으로는 결코 내려가 피지 않는 高生草들의 密生
地, 미래의 歌人들의 거주지,
영혼의 평온한 휴식처.
이곳에서 내려다보면
저 아래 깎아지른 벼랑 밑,
은어들이 산란하는 상류는 한갓 발밑의 세계.
녹음을 끌어당기는 천길 계곡과
天上에서 봉우리와 봉우리를 두쪽으로 가르며
떨어지는 장대한 폭포 역시 발밑의 세계.
하지만 바다는 늘 광대무변한 품을 향해 출발하고 있고
능금 껍질의 푸른 띠를 두른 해안으로 난파자와
방랑자를 품에 끌어들여 눈부신 휴식의 잠을 준다.
오, 난파자들이 수평선 너머 잃어버리고 온 바다
놓쳐버린 바다를
수백 마일 밖으로부터 다시 몰고 오는 자들, 수천 마리
의, 수억 마리의, 사자떼의 흰 머리갈기를 타고 몰려오는
파도를
다스리며 親化해 온 근육들. 오, 보라!
일찍이 율리시즈가 껴안고 꺾으려 했던 바다!

일찍이 율리시즈도 산 채로 사로잡지 못했던 바다!
오, 그대들, 시인들!
수만 년 전 율리시즈가 난파한 기슭
거기 쌓여 있는 고요한 모래.
수만 년 동안을 바다가 게워놓은 모래.
거기 묻혀 있는 神들의 글씨 또한 고요하지 아니한가.
인간의 영혼만 남고 神들은 침묵하지 않는가.

山頂墓地・9

그대 아는가.
아직 태어나지 않는
미래의 歌人들.
내가
허공에서 日月을 뜯어
그대의 수틀에다 새겨넣은
탄식과 비탄을.
내가 수없이 허공에서 장미송이를 꺾어
그대의 수틀에다 짜넣은 심장과
고동치는 세계의 포효를.
내가 가시덤불과 가시나무로서
수놓은 영혼의 방패와 창과 화살.
내가 허공에서 한 줄 바람을 퍼
허공에다 새겨놓은 노래 구절을.
그 속에서 움트는 미래의 눈동자가 얼마나
하늘의 별보다 높이 반짝이는지,
내 가까이 다가가면서
얼마나 빛으로 떨리는지를.
그대 친구들이여 아는가.

새벽하늘 위에서 부시시 깨어나는 비밀스런 눈동자처럼
아직은 태어나지 않은 고요,
아직은 태어나지 않은 시간,
아직은 태어나지 않은 노래.
별과 같은 歌人의 미소는 얼마나 부드러운지.
滿潮 무렵 새벽별과 함께 고요한 바다의
바위 기슭으로 올라와 짠 물을 토하는 조개처럼
그대의 꿈은 망망대해의 잠 속에서
백합꽃송이를 끌어올리고,
오, 흰 거품을 자랑스레 뿜으며 열리는 백합처럼 그윽
하게
그대의 미소는 새벽 공기와 입맞추며
입술에서는 달콤한 숨소리가 떨려오는지,
그대 느끼지도 보지도 못하는가.
보라 친구들이여
미풍의 파도는
혀끝처럼 달콤하고
내가 그것을 마시고 호흡하고 있지 않은가.
스스로의 향기 속에서 얼굴 파묻고 숨을 거두는 백합처럼

내 그대의 미소 속에 익사하여
몇 번이고 두 심장이 성스럽게 고동치고 있지 않은가.
보라 친구들이여,
그대는 듣지 못하는가.
그리하여
환희의 절정에서 소리치는 세계의 침묵이여.
내 가슴을 통과하고 높이 비상하여
내 주위에서 성스럽게 울려퍼지는
경이롭고 부드러운 음률이여.
혀끝처럼 감미로운
음률이여.

山頂墓地·10

저녁나절 땅바닥에 드리운 나무 그림자 밟으며
도시를 등뒤로 돌리면,
山길은 하루 동안의 인적을 기슭에다 공손히 쓸어모으고
새 손으로서 밤을 맞이할 채비를 하고 있다.
어둠은 地上의 거주자에게는 휴식이 되지만
나의 위안은 늦종소리 들으며 山길을 걷는 일.
지나온 山길은 물소리 죽이고 앞서 혼자로서 경건히 새
몸을 이루고 있다.
하지만 허공의 나무 잎사귀 발등에 떨어져
不在를 알리는 바람소리 숲속 스산하고,
언제부터인가
저 멀리 도회지를 휩싸는 불빛으로부터 나는 버림받았다
태어나서 자라온 도시가 나를 더욱 낯설게 하고
나는 산길과 벗하여 소요로서 위안을 삼고자 하건만.
나의 한숨은 언제 끝날 것인가.
견디지 못할 것은 지금 이 시간이
마치 淨水를 따르기도 전에 누군가 먼저 재를 떨어버린
시간이라는 것.
내가 내 영혼의 그릇을 재떨이로 사용해 버린 것이 아

닌가 하는 회한.

문을 닫고 나온 후 등뒤로 달라붙은 적대의 시선과
한 世紀의 적막, 그 시간의 포효를 아무도 수습할 수
없음을
나는 알건만,
왜 나는 이처럼 미치도록 삶을 사랑하고 싶은 것인가
그런 것인가.
삶의 나뭇가지에는 때도 없이 눈비 내려
凋落의 地上에는
눈비의 노래 그득하고,
나는 새 손으로 다가가
그것들을 껴안아 줄 두 손의 삶을 받들 수는 없단 말
인가.
내 이곳에 잠시 멈춰,
어제의 그대들을 오랫동안 생각하는 것은
온전히 그들을 다 사랑하지 못한 회환 때문.
내 내일의 歌人을 이토록 오랫동안 기다리는 것은
기다림이 나를 한없이 경멸하기 때문.
내 그리움이 젊은 어머니로서 그들을 부르면

늙은 담벽이 한줌 부서지는 흙으로서 대답을 하고
어둠은 저만치 물러서 검은 잎사귀로 입을 막는구나.
나에겐 옛날로 돌아가는 논두렁길이 없고
나는 나의 귀가가 너무 늦었음을 깨닫는다.
그렇구나, 도시여, 이제는 내가 너희들을 버릴 차례가
온 것이다.
너희들은 언제나 낯선 이방의 언어로서
나를 검문하지 않았는가.
높은 노래는 하늘의 첨탑에 고립되어 있고
거리의 둥그렇게 떠오른 滿月 속에서는 흰 피의 사냥개
가 달려나와
나를 쫓아내지 않았던가.
그렇다, 이제부터는 내가 너희들을 버릴 차례인 것이다.
내 몰골이 벽 뒤로 숨은 검은 망토의
그 찢어져 나간 한 자락의 어둠으로 가려진다 한들
불빛 환한 식탁 위에서는 조롱하는 天使가 나를 기다리
고 있고
나는 내가 너무 늦었음을 깨닫는다.
오 낯선 도시의 휘황한 불빛이여

너는 단란한 테두리를 스스로 지어 보이지만
너에게로 가는 길은 청년처럼 자랑스럽지가 않고
하늘의 별들을 보도에 뿌리고 밟고 가듯 신비로운 것도
아니다.
저 수많은 도둑과 야심가의 방패를 뚫을 노래의 槍도
없이,
허공에다 日月을 그리며
늙은 기침이 되어 발등을 덮는 凋落의 잎사귀처럼
어둠 짙은 산길을 서성댈 뿐이다.

山頂墓地 · 11

입술의 노래는
흙으로 돌아가지 않으리.
스스로의 영혼을 입술로 불어서
불씨를 일으키는 데 사용했던 입은
흙으로 되돌아가도,
입술의 노래는
大地에 묻히지 않으리.
내가 되돌려주어야 할 것은
고뇌를 담기 위해 태어난 두 손,
방황을 하기 위해 태어난 두 다리,
그리고 땅의 住民임을 표시하는 살,
언젠가는 흙으로 되돌려주어야 할 이 형벌의 뼈.
아, 아, 암흑의 관을 쓰고 땅을 기어가는 흉한 짐승처럼
고뇌하는 이마와 방황하는 긴 막대기를 지닌
이 형벌받은 살.
그리고 내가 마지막으로 되돌려주어야 할 혀.

허나 혀로서 부른 입술의 노래는
흙으로 돌아가지 않으리.

하나의 나약한 나뭇잎조차 소리없이 떨어지는데도
힘이 필요한 것처럼,
인간에게도
스스로의 영혼을 불어 끄기 위한 힘이
필요한 것이 아닌가.
오, 밤이 오고 있다.
大地여! 우리들이 달려가고 있다,
아직은 관뚜껑을 닫지 말아다오.
아직은 관뚜껑을 닫지 말아다오.
우리들 모두는
바람 속을 뛰어가는 촛불이다.

山頂墓地 · 12

친구여, 한 뿌리에서 올라온 두 개의 이파리처럼, 너와
나는 하늘 아래서 비유가 되자.
大地가 지닌 분출의 의지 속에는
直立의 꿈과
덩굴식물을 닮은 步行의 꿈이 있듯이
너의 정신은 하늘을 향해 정교한 조각을 꿈꾸고 있고
나의 정신은 낮은 지붕을 이루며 자연과 더불어 자연을
이루고자 꿈꾸어 왔다.
세계와 나 사이를 낮은 담으로 이웃하며
소나무의 귀여운 아들 솔방울을 가까이하고
완월형의 대문을 열어 滿月을 맞아들여 왔다.
나의 꿈은 視界를 열어놓음으로써
솔바람과 달그림자를 맞이하는 自適의 형식.
일찍이 유클리드가 땅 위에서 두 개의 삼각형을 그려
보았을 때
莊子의 문하에서 두 손가락의 컴퍼스로
허공의 달을 오려내어 하나의 원 속에다 합쳐보았고,
말잔등같이 거친 능선과 능선이 연이어 간
산맥을 향해 머리를 우뚝 치켜든 거대한 말바위처럼

두 발굽을 든 산정에서 나는 독학을 해왔다.

거대한 대지를 붕새의 날개 그림자로 가려보기 위한 시인을 꿈꾸면서.

뉴턴의 후예들이 사과나무에서 落果를 배우기 전에 나는 禪師의 시종으로 들어가 마당에 빗자루질을 하는 연습을 하였고

禪師들이 空山에서 듣던 눈송이 떨어지는 소리를 귀동냥해서 들었다. 그들은 보다 근원의 소리를 듣고자 맨 처음 지구를 덮었던 빙하기의 얼음처럼 소리치는

太虛의 고요에 귀기울였다.

그들은

내부에서 끓어오르는 광대한 울부짖음이

일찍이 대양의 뜨거운 바닷물을 끌어당겨

대빙원을 육지에 형성하는 소리를 들었고

엄청한 고요의 빙원, 그 속에 깃들인 대륙의 잠과

오랜 세월 깰 줄 모르는 대지의 꿈을 보았다.

물과 뭍의 강한 引力,

서로 끌어당기며 결빙하는

대륙과 대양의 引力을 보았다.

그들은 구름을 바라보며
형체 없는 노래를 들었고
냇물을 바라보며
뜻을 만들지 않는 말씀을 들었다.
그 속에서 그들은 완성된 無의 分子
세계의 황홀한 벌통을 열어보았고
혀끝으로 비단 살결을 풀어
세계와 시간의 수레바퀴를 돌리는
미풍의 숨소리를 들었다
나는 그 모든 것을 귀동냥해서
들었고
눈동냥해서
보았으며,
그들이 바람 속에다 적어서 보내 준
뜻 모를 글씨들을 읽었다.

山頂墓地·13

산맥과 산맥이 숨가쁘게 치달아 내려간 곳에
바다가 가로막고,
길은 절벽에서 끝났다.
돌아갈 길 잃었도다.
구름 낀 암석과 조용한 무덤들 사이 밤이 오고 있다.
바윗틈 黑鳥들은 인기척을 피해 어둠속으로 깃을 숨기고
어둠에 잠긴 돌껍질을 부리로 쪼며
지상에서 멀리 떨어진 방랑자의 걸음을 재촉하고 있다.
그대 왜 어두운 눈초리로
벼랑에서 쏟아지는 어둠의 폭포를 들여다보는가.
사다리를 타고 오르는 듯 숨가쁜 호흡을
핏속에서 꿈꾸고 있는가.
그대 돌아가야 하지 않는가.
저 아래 바다에 달빛 차 오르면
빈 배는 노 없이도 혼자 가고,
죽은 어부들은 잠시 외출했을 뿐이다.
저 바다의 그리운 옛길을 찾아 마실 가듯.
하지만 살아 있는 자들에게 휴식이란 얼마나 위태로운
잠인가.

썩은 흙내음을 칠흑같은 사방에 끼얹어대는 나뭇잎과
곳곳에 나뒹굴어 흙빛깔로 돌아간 삭은 나무 둥치들,
도처에서 안개는 발목을 휘어감으며 가라앉고
발뿌리에 걸리는 돌무더기와
죽음의 신호를 보내는 黑鳥들의 울부짖음,
입을 가로막는 어둠속 낭떠러지,
그대 돌아가야 하지 않는가.
길은 언제나 땅에서 벗어나 절벽 끝으로 이어지고
저 아래 바다는 세계가 태어나기 전의
바람소리의 공허를 알리고 있다
세계가 비롯되기 이전의 無垢한 바다는
늘 시작의 순간처럼 물결을 새롭게 되돌려준다.
그대가 그대를 통해 새로워지는 장소, 물속의 神殿, 기
둥들.
수없이 많은 水晶의 고요한 빛을 가라앉힌 정신의 장소.
길은 어디 있는가.
처음의 지점으로 다시 돌아가 시작할 수 있는.
바다가 오랜 세월 生成해 온 것은 모래일 뿐.
육지 기슭으로 밀어올린 것은

입을 크게 벌린 공허의 거품과 한밤중 같은
巨魚의 뼈.
또는 조개들이 자던 하얀 化石의 잠.
그들 역시 길을 잃었도다.
그대 돌아가야 하지 않는가.
휴식이란 얼마나 위태로운 잠인가.
그대 아직도
눈은 암흑 속에 던져진 돌처럼 우주를 헤매며 고아를
꿈꾸고 있는가,
귀는 雪原 속으로 탐험을 떠나 소리치는
雪風 속에서 혼돈을 그리워하고, 깨우쳤지만
발은 길을 잃었도다.
하늘에서 장닭이 홰를 치듯 태양이 세계의 門을 열기
전부터
길은 어디에 있었는가.
처음의 순간은 어디였는가.

山頂墓地 · 14

오, 불이여, 혼 속에 깃들인 혼이여.
너의 함성 속에는
큰 고요가 있구나.
어둠을 향해 달리던 너의 투구는
여명의 구멍을 통해 아침을 맞는구나.
치솟으면서 치솟으면서
가라앉힌 神殿이여.
고요여.

山頂墓地 · 15

어느 날 나는 山頂을 헤매다가
雪風을 뿌리며 피어 있는 꽃 한 송이를 발견했다.
그것은 일찍이 어둠 속에 뒹굴어 있던
잉태를 꿈꾸지 못하는 한낱 광석이었다.
그것의 아름다움은
채색된 불덩어리.
나의 눈이 맨처음 그것을 발견하기 전
어느 누군가가 먼저 잠을 깨어내어
이토록 화안히 내 앞에 산 채로 데려왔을까.
내 눈에 닿자마자 그것은
神이 노예처럼 발목에 묶어둔 쇠사슬이 저절로 터져서
끊어지듯
금이 터지는 성스러운 소리가 났다.
그것은 일찍이 내눈에 아로새겨진 한낱 불임의 광석이
었다.
나의 두 손이
두 개의 꽃잎처럼 마주 부딪쳐 보기 전.
나의 두 손이
하나의 노래 소리처럼 합쳐 보기 전.

山頂墓地·16
—— 氷花

얼음 속에서 피어난 흰꽃 한 송이
그 뿌리와 줄기 어디서 찾는가

山頂墓地 · 17

오랜 세월 내 幼年에
굳건히 밑둥을 내린 月桂樹나무여.
너의 밑둥은 지친 자가
명상의 처음 출발지로 삼았던 곳.
대지로부터
지상의 가장 낮고 어두운 곳을 향해 출발한 네 뿌리의
道程은 끝나지 않고.
끝도 없는 기원을 찾아
너는 헤매는구나.
오, 뿌리의 수고로움인 무성한 그늘이여.
너의 밑둥은 명상에 지쳐서 돌아온 자의 휴식처,
잎사귀는 목마른 자의 우물.
너로부터 무성한 줄기와 가지가 출발하듯
나의 길은 시작되었고
한때는 지상을 덮으며
하늘의 길을 향해 뻗어가며
치솟아 달려갔건만.
마치 조그마한 잎사귀 사이에서
수많은 트럼펫들이 일제히 고개를 하늘로 향하고

수없는 비둘기떼를 비상시킨 것처럼
내 꿈도 날아올랐건만.
그리고 한때는
명상하는 내 창가에 살랑거리는 미풍의 파도를 싣고 와
바람의 젓가락으로
경쾌한 선율을 뿌렸건만.
오, 월계수 가지여, 네가 하늘에다 펼쳐놓은 天上의 冊
너의 冊의 갈피 갈피는 태양이 금빛 알을 숨기기 좋
은 곳.
밤이면 별이 이슬을 모아 숨기기에 은밀한 곳.
그리고 네 밑둥 주변의 꽃밭은
천상에서 내려온 천사가 지휘봉을 든 채
새와 달과 별과 도마뱀을 데리고
음악을 연주했던 곳.
오, 월계수나무여.
천상에서 지상을 향해 몸을 비스듬히 숙인 하프여.
내가 네 몸을 탄주하면
너는 만질수록 맑고 고요해 가는 음악.
고음으로 치솟을수록

더없이 맑고 고요한 하늘.

너의 잎사귀는 마치 다섯 손가락과도 같이 조그마한 우물을 만들어

천상의 별을 고요히 받으며

지상으로 고요히 따르는 잔.

내 영혼이 그 잔을 입 대고 마실 수 있었다면

두 날개를 겨드랑이에 단 하프처럼

영혼의 품에 안겼을 것을.

월계수나무여.

너로부터 나는 방황하는 두 다리의 막대기를 부여받아 헤매 왔건만

이제는 휴식을 그리워하는 것인가.

내가 일찍이 지상의 이정표로서 꽂아 놓은 물음표여!

월계수나무여!

직립하는 神들의 권능이여!

山頂墓地・18

늙어갈수록
누추하게 살아가는 목숨에게는
죽을 용기도 없다.
왜냐하면 그는
그의 관념에 매달려 있으므로.
神이 발을 씻은 냇물을 靈泉이라 믿으며
빈사하고 싶은 자들
그들은 관념적으로 죽고 싶을 뿐이다.
관념은 죽음 앞에서
인간에게 용기를 가르친다.
인간의 용기를 자신의 전리품으로 삼기 위해.
神은
꽃이 피었다가 지는 것을 허락하되
인간이 스스로 죽는 것은 허락지 않는다.
神들은 누추한 목숨들에게
죽음 앞에서
체면을 지키도록 가르친다.
인간이 자신에게 굴종하는 것을

장식으로 삼기 위해서
神들은 말한다
내가 흙으로 빚은 형상
다시 흙으로 보내도다, 라고.
神을 의식하는 그 순간부터
너는 그 관념 속에 갇히고 만다
神들은 얼마나 오랜 세월
인간을 망쳐 왔는지.
인간이 욕망의 갈고리를 모아
그에게 바치던 손가락들이
가슴에 가지런히 모은 꽃봉오리처럼
격식을 차린다 한들
손들이 만드는 최후의 형식은 꽃봉오리가 아니라
허공을 찢는 바람소리.
허나 우리에게는 죽을 시간이 많이
남아 있다.
비록 天上에서 보면
비천하다 하더라도

땅에서 보면
더 높고
깨끗하게 날개를 꺾지 않는가.

山頂墓地 · 19

우리는
땅에서 태어나 땅에서 좌초한 인간들.

가 닿을 수 없는 높이를 강인하게 추구하다가
寒氣를 끌어모아 서리를 뱉어내는 겨울땅에
결국은 드러눕는 인간들.

언젠가 이른 봄 그대들이 찾아낸 새파란 무덤 하나,

그대를 향해 왈칵 달려드는 풀내음
그것이 우리가 끝까지 살아야 했던 이유이다.

山頂墓地 · 20
—— 조그마한 주검

*

새가 죽었다. 참새가.
조심스럽게 다가가
하늘을 조금 찢어 내어
덮어주자.

누가, 더운 입김을 조금만 쐬어주었으면.

새벽 산길을 오르다 보면
샘물가에 미리 와서 종종걸음으로 걸어다니는
흔히 지나쳐 버리거나
잊어버리기 일쑤인
사람에게 기억되고 싶어하는 새.

새가 죽었다.
하느님은 왜 노래와 날개와
가녀린 두 발목만 주었을 뿐
마지막 날 묻힐 무덤은 주지 않으실까.

* *

하느님은 저 새를
다시 태어나게 해준다.
세상에서 가장 아름다운 음악의 도시
짤스부르ㄲ, 모짜르트가 묻힌 곳
사시사철 꽃 피고 눈스키 타는
착한 사람들이 사는 그 마을에
내리는 흰 눈으로 다시 태어나
살게 해준다.

* * *

새는
노래 봉지.

神이 빚어놓은 노래 봉지.
저들은 처음부터 노래 봉지였고
노래 봉지이며 노래 봉지로 남아 죽어서도 노래한다

山頂墓地・21
—— 고요한 흔적

이른 아침 첫 햇살 비치자마자
간 곳 없는 눈의 자취들
고운 티끌들을 곱게 적시다가
사라져버린 고요한 흔적뿐

山頂墓地・22

地上에 비내리고 山頂엔 눈내린다
눈은 어찌하여 地上까지 오기 꺼리는가
산봉우리에 학처럼 깃들고 싶은
저 뜻 숨기기 위함인가

山頂墓地·23
──頭痛說

설탕이 싱거워지고
소금이 짠맛을 잃어가는 세상에서
道峰과 가까이 살며,

한때는 서재 가까이 蘭이나 竹을 키우며 한눈 파는 재
미를 붙여보기도 했고 長竹 든 古人이 봉우리 위에서 하
늘에 휘둘러 놓은 山水에 눈을 팔기도 했다.

가끔은 홍수진 江바닥으로 내려가 급류에 쓸려 내려가
는 숨찬 바위덩이 만져보려 손목을 담가보고 진흙수렁 속
수레바퀴를 밀고 가는 등줄기 힘줄을 밀어보기도 했다.

설탕의 단맛이 더 싱거워지고
소금의 싱거운 맛이 쓴맛으로 바뀐 세상이 오자, 아예
上溪洞 摩天樓단지로 옮겨

아프리카 고산준령 킬리만자로 上峰 쌓인 눈 속에 누운
표범이나 해발 1만 미터의 마추피추山頂 사진을 벽에 붙
여놓고 들여다보며 정신을 팔았다.

올겨울 일이다, 한눈 파는 재미로 방안에 들여놓은 큠
子蘭이 꽃대를 내밀지 않았다. 꿈속에서도 돌이 날아들어
와 큰 호령소리를 냈다. 네놈 궁둥이가 늘어지고 무거워
진 탓이다 밑뿌리의 俗氣를 진작부터 잘라버리지 않은 탓
이다 진득하지 못한 네놈 발바닥에 엔간히 바람든 탓이다.

요즘의 내 頭痛은 道峰의 뿌리를 원짜로 달여먹어야 가
라앉을 모양인가.

들어오너라, 너! 서슬퍼런 겨울.
내
삭풍을 후려치는 참나무가지 들어
네 못된 사나운 힘 수그려 놓으리라.

山頂墓地・25
—— 무덤 속 불노래

　밤마다 무덤 속에서 검은 어둠의 망토에 얼굴을 가린
王들의 방문을 받는다.
　그는 명령한다. 내 죽음의 진혼곡을 노래하라.
　내 노래는 칠흑같이 어두운 저 밖에 몰려온 어둠 속에
검은 글씨처럼 씌어져 있다.
　자 밖을 내다보라.
　하늘에는 언 달이 희미하게 빛나고
　검은 사냥개들이 구름 속을 질주하고 있다
　밤은 검은 대리석의 옷을 걸쳐 입고 폐허가 된 神殿을
어정거린다.
　바람은 검은 비로드의 살결처럼 목덜미를 스쳐가고
　神殿의 상아바닥을 쿵쿵거리며 자신의 인기척이 천정에
서 대답하는 것을 듣는다.
　폐허를 파먹고 살찐 모래구덩이에서 死者의 두개골은
검은 마스크를 쓴 채 웃고 있고
　회랑의 기둥 사이로 박쥐들이 솟아올라 천장의 어둠 속
에 달라붙은 채
　어둠을 뜯어먹고 살찐 황폐한 내장을 열어놓고 있다.
　그때부터 너는 너의 혀를 비수처럼 허공에다 겨냥하며

허공의 한복판 심장에서 비명과 같은 고요를 일으켜야
한다. 그리고 점차 파도치게 해야 한다.
지하동굴에 가둬놓은 사자떼들이 일제히 날뛰며
돌벽을 물어 뜯는 포효소리를 내야 한다.
그 소리로 회랑의 기둥들이 서로 부딪쳐 쓰러지게 되리라
지하무덤들이 물 위로 떠올라
수세기 동안 묻혀 있던 죽음의 향기를 게울 즈음
너는 지상을 향해 파이프오르간 소리를 장중하게 내야
할 것이다.
그때 너는 귓전을 울리는 신성한 소리를
죽은 듯이 연주해야 한다
온 누리를 닫아걸듯 죽은 듯이 연주하라.
더워서 넘치는 가슴들은 地上의 세계가 아니다.
얼음같이 식은 심장들의 세계, 닫혀진 눈과 봉인된 입
들의 식어버린 세계를
죽은 듯이 연주하라.
무덤 속 先王들의 녹슨 청동투구들의 잠이 깨지 않도록
녹슨 검이 고요의 기운을 받으며 깨어나 뼈들의 자손을
불러내지 않도록

죽은 듯이 노래하게 하라.
내 감은 동공에서 모래들이 흘러나와 눈을 뜨지 않도록
죽은 듯이 노래하라.
나의 죽음과 함께 불 속에 던져진 투구와 도끼
굴욕의 채찍과 무거운 돌수레를 장벽 같은 가슴으로 견
딘 위엄을 노래하게 하라.
왕들의 추악하지 않은 주검과 그 얼굴 속의 평온한 淨
化를
아주 죽은 듯이 노래하게 하라.
온 누리를 육중한 돌문을 밀어 잠그듯
죽은 듯이 입을 멈추게 하라.

山頂墓地·26

하늘에다 누가 어둠을 불질러 놓았는가!
절망이 임종하시어 하늘의 언 창살에 갇혀 있다.
들판이 개 짖는 소리를 내도
하늘 쪽으로는 답장을 쓰지 않는다.
희망을 번역한 죄
산과 땅을 번역한 죄
시간을 번역한 죄
네 죄가 크다.
희망 대신 검은 광목천을 번역한 죄
땅과 산 대신 감옥을 번역한 죄
시간 대신 빈 소쿠리를 배달한 죄
내 죄가 더 크다.
나는 절망이 잡수실 私食을 하늘로 올려보낸다. 거절당
한다.
겨울 솜바지 한 벌 올려보낸다. 거절당한다.
시간의 소쿠리에다 흰 쌀밥 잘 지어 올려보낸다. 거절
당한다.
털신 한짝에 영치금을 넣어 올려보낸다 거절당한다.
드디어 나는 자신의 배를 째기 시작한다 간수들이 와서

74

막는다.

　간수들은 희망의 따귀를 치기 시작한다 나는 반항한다

　나는 코피를 흘리며 쇠창살에 갇힌다

　절망을 두둔한 죄 보호 은닉하려 한 죄……

　간수들은 옛날 얘기를 들려준다

　옛날에 너 같은 놈이 이곳에 들어왔었다

　우리는 그놈의 힘을 누그러뜨리려고 사슬로 묶어놓았

는데

　밤만 되면 쇠사슬을 가슴팍으로 우두둑 우두둑 끊었다

　쇠땀을 쏟으면서 끊어 보였다.

　자, 저 결박당한 놈을 보시오 우리는 돈을 받고

　터질 것 같은 삶의 폐를 구경시켰다

　우리는 돈을 받고 터질 것 같은 삶의 심장을 구경시

켰다.

　옛날에 너 같은 놈이 또 이곳에 있었다

　그놈은 아직도 쇠창살 속에서 살고 있다 그놈은 쇠사슬

과 단둘이서 산다 쇠사슬의 아버지다

　그놈은 자기가 걸친 쇠사슬을 자식처럼 아낀다

　우리는 그놈에게 더 굵은 쇠사슬을 던지며 명령했다

자, 이것을 한번 끊어보라 끊어보라 그놈은 듣지 않았다
그래서 아직도 쇠창살에 갇혀 있다
그놈은 쇠사슬을 끊지 않고 있다
터질 것 같은 삶의 분홍 폐와 심장을 보여주지 않는다
그놈은 쇠사슬을 끊지 않고 있다 일도 하지 않는다 멍
하니 山만 바라보고 있다
그래서 우리는 그놈을 내보내지 않고 있다 내보내지 않
고 있다
그놈은 山만 바라보고 있다
그놈은 우리와 멀리 떨어져 있는 山과도 같다.

밤은 그의 옆구리를 독살했다.
밤은 그의 옆구리에 수술 가위를 집어넣은 채 봉합해
버렸다.
밤은 그의 옆구리에 검은 장미를 심어버렸다.
밤은 피칠한 손을 냇물에다 던져버렸다.
밤은 시커먼 냇물을 벌컥벌컥 마셨다.

이제 그의 옆구리는 꿰맨 돌의 환상을 가진다.
이제 그의 옆구리는 결박한 밧줄의 환상을 가진다.
이제 그의 옆구리는 꿰맨 자국 감쪽같은 바늘의 환상을
가진다.
그는 독살된 것이다.
그는 진공청소기로 지워졌던 것이다.
이제 그의 옆구리는 수술 가위에 대한 회상을 가진다.
신경이 없는 고무 장갑에 대한 회상을 가진다.

그는 자신이 독살될 거라는 환상에 잡혀 살아왔다.
저 거대한 大地의
암흑 침대에 사지를 버둥거리고 누워

하늘에서 내려뜨려진 링거 줄이
가시투성이 장미 줄기같이 보였다.

밤은 이제 자신의 눈을 독살할 차례다.
밤은 이제 자신의 눈에 돌멩이를 처넣고 봉인할 차례다.
밤은 이제 자신의 눈에 두 개의 못을 심어놓을 차례다.
밤은 이제 자신의 옆구리를 모래처럼 흘릴 차례다

이제 밤의 눈은 흰 붕대에 대한 환상을 가진다.
이제 밤의 눈은 박힌 못에 대한 환상을 가진다.
밤은 이제 자신의 손가락이 쇠사슬처럼 지상에 번식될
거라는 환상을 가진다.
그 손가락은 저 거대한 地上의
암흑 뿌리에서 자라 올라
하늘에서 내려오는 링거 줄을 움켜쥐고
주사 바늘을 자신의 손목에 꽂는 것처럼 보였다.

山頂墓地 · 28

한 겨울에 豊山을 찾아가 보았다.
겨울산이 앙상하게 강골을
드러내더군.
오 풍성해라,
잎 다 진
뼈들은 투명해.
눈부신 마음으로 내 입은 잎이 無가 된 뒤 노래 불렀지.
아 얼마나 가벼울까
질긴 살덩이 벗어났으니.
살들은 얼마나 홀가분할까
질겼던 살덩이 다 잊었으니.
하늘에서 때마침 가벼운 눈 내려
겨울산을 널직하고 편안하게 빨아주더군.
내 그리운 이 입술 無가 되어 혼자 지을 미소 문득 떠
올라
투명한 소주 한 잔 찬 땅에 따랐지.
흙이 눈부시게 솟아올라
살을 훌훌 털어버리더군.
아 豊山은 얼마나 가벼울까.

뼈들은 얼마나 홀가분할까.
질긴 살덩이에서 놓여났으니.

山頂墓地・29
—— 참회록

동이 트기 전 아무도 모르게
꼭두새벽을 빠져나오다가
손에 든 도시락통을
들키고 말았다.

애야, 그쪽 길은 학교로 가는 길이 아니다 늙은 학생
차림을 한 채 어디를 가니, 누군가의 음성이 나를 불러
세웠다.
(어머니 나는 이제 더 이상 학생이 아니에요 이 지상에서
더 이상 무거운 돌가방을 들고 다니고 싶지 않아요 삶가방을
내던지고 싶어요)

세상에다 일단 휴직계를 내고
중퇴를 하든가
아니면 눈부신 발로 獨學을 가든가

나는 가방을 캄캄한 강물 속으로 던져 보냈고
풀밭에 누워 도시락통을 새들에게 주었다.

강가에서 내가 던진 무수한 돌멩이들이
고스란히 하늘 속에 처박혀 있었다.

저 아래 大地에는 내가 처음 찾아가 만진 신록이 있다.
내가 손등 위에 올려놓고 노래 시킨 종다리가 있다.

저 아래 大地에는 내가 피해 다닌 길이 있고
내가 골라서 다닌 길이 있다.
사람들이 모두 나를 피해 달아난 길이 있다.

보이느냐 살아 있는 벌레를 너는 밟았다.

보이느냐 포도잎새들이 바람의 방향을 바꿔버린 후
포도알 하나하나에서 태양은 썩어갔다.

(어머니, 나는 地上에서
책보다는
돌을 읽는 게 편했어요)

나는 저 세상에 가서 새로운 신입생이 되고 싶었다.

시간은 자꾸자꾸 술을 권했고
드디어 나는 시간을 오바이트하고 어머니의
양수물까지 토하고는
사지를 늘어뜨리리라.

나는 이 地上에다 시인 흉내를 내며 묘비명을 남기리라.
「아, 너무 마셨다 시간을!」

(어머니 나는 오늘 학교를 때려쳤어요
거부할 수밖에 없었어요)
그래 어떻게 하런?

절망적인 인간들만이
神의 학교에서
우수한 성적을 내고 있었다.

늙은 학생들이 고뇌에 찬 원서를 들고 순서를 기다리고

있었다.

　무수한 사람들이 病者 차림을 하고
낙방을 한 채 안도의 한숨을 쉬고 있었다.
저들은 더 지치거든 다시 찾아올 것이다.
늙은 할아버지가 내 가슴의 답안지를 읽으며
채점을 매기고 있었다.

　절망적인 답안지만이 한쪽 곁으로 모아지고 있었다.
나는 샛눈을 뜨고 횔덜린의 답안지를 보았고
게오르크 트라클, 하이네, 구스타프 말러, 바그너,
모짜르트도 곁눈질로 보았다.
오, 地上에서 일찍 거두어들인 자들.

　하느님, 저들보다 저는 백번 만번 값없나이다.

　값이 없다 해도 신성함이 있어야 하거늘!

　울타리 쪽으로는 양떼, 염소, 노새, 당나귀, 종달새들이 통과하고 있었다.

한 청년이 울타리를 열어놓고 지켜 서 있었다.

(아, 저분이 바로

백번을 녹여도 상하지 않는 金 같은 분)

(조용히 하라,

저분이 지상에다 번식시켜 놓은 무덤 앞에서

묵상에 잠기도록)

언덕을 걸어 올라가자마자

단숨에 뛰어 달려보고 싶은 초원이 나타났다.

나는 거기에서

산양의 허벅다리를 붙잡고 바둥거리는 핏덩이 하나를

받아내고 있는

그 청년의 모습을 다시 만났다.

내가 다가가자 그 모습은 사라졌다.

해 떨어진

초원 끝에서 바람처럼 거니는 그 청년의 먼 발취를 또

보았다.

主여, 저는 백번 만번 값없나이다.
천번 만번 값없나이다.
날개가 없는 자가 날으려 했나이다.
가장 비천한 자가 삶의 신성함을 훔쳐내어 위로받으려
했나이다.

「내려가서, 절망하라.
그것이 地上의 신성함이라」

「天上의 종은 하늘 꼭대기에 매달아 놓았지만
그것의 줄을 끌어당겨 울리는 것은
너희들 地上의 인간들이노라」

한 알의 검은 씨앗이 네 속 깊은 곳에 감추어져 있으니
그것을 잘 심어 네 몸속에 잎사귀가 무성하게 퍼져가면
때를 알리리라.
네 몸속의 검은 잎사귀들이 가득 차 이마로 솟아나오는
날을
신성의 표시로 삼으리라.

한 알의 검은 씨앗이 네 속 깊은 곳에 감추어져 있으
니⋯⋯

山頂墓地·30
—— 내일의 그대들

얼음 한 조각 들고 내 처음 올라온 길 찾아 내려가네.
구름은 신발만 남긴 채 천길 낭떠러지로 뛰어내리고,
모든 무덤들은 훗날 기억되기 위해서
더 깊고 추운 골짜기 속으로 망각되어 가리.
살아 있는 그대들 또한 잊혀져 가리.
地上에서 山頂으로 올라간 오랜 안식자들.
만년을 고요로 채우기 위해
누구나 한번은 오르다 내려오는 本鄕길.
마지막 날 바라볼 하늘을 누구나 잔등에 조금은 적셔
두고 싶은 것처럼.
그대들, 살아 있는 자들 또한 조만간에 잊혀져 가리.
그토록 오랜 세월 그대를 헤매게 하고 방황하게 한 세
상으로부터.
우리 또한 이토록 사랑하고 소비하게 한 세상으로부터
결국은 잊혀져 가리.
삶의 실수는 머잖아 바싹 다가올 상실을
미리 이득으로 계산해 왔다는 것.
헛디딘 발에게는 위로가 필요한 법,
발은 어디에서 다시 시작할 것인가.

나는 잊혀져 갈 필요가 있네.

잊혀져 간다는 것은 고통이 아니라

차라리 휴식.

내일의 그대들이 오늘의 나를 죽은 사람이라 부른들 나는 상관치 않으리.

왜냐하면 나는, 우리들은, 저마다의 가슴속에서 실제로 산 듯 죽었으니까.

모든 노래는

기억되기 위해

잊혀질 필요가 있지.

모든 죽음들이

다시 기억되기 위해

저 추운 골짜기를 찾아가 묻힌 것처럼.

이제 잊혀져 가는 자에게는 휴식이 필요하다.

자, 내일의 바람은 내일의 죽음

죽은 자여 휴식자여 안식자여!

강풍의 아들들이여!

발은 이제 어디에서 다시 시작할 것인가

미래의 그대들이여!

2 短行詩篇

獨樂堂

獨樂堂 對月樓는
벼랑 꼭대기에 있지만
옛부터 그리로 오르는 길이 없다.
누굴까, 저 까마득한 벼랑 끝에 은거하며
내려오는 길을 부셔버린 이.

無題

밀어보다 만 벽
굴리다 만 바퀴
진흙덩이로 막힌 샘
어디선가 뿌리들이 타들어가는 냄새
해를 찌르러 간 창
수심 속 자갈바닥을 쓸고 간 물살

隱仙亭

天上의 仙女들이
구름 위에서
폭포 구경을 하다가
장난으로 亭子 한 채를 밀어뜨린 것이
까마득한 벼랑 소나무에
기묘히 걸렸다.

달뜨는 밤이면 天上의 악사들도
거문고를 밧줄에 묶어
누각으로 내려보냈겠다.

不在

詩는 나에게 신년세배를
눈 쌓인 산길로 가자고 한다.
암자 마당에 폭설이 사흘씩이나
쌓여 있다.
그냥 되돌아가지 말고
봉창문을 조심스레 두드려본다.
계시다.

피라미

가벼운 몸 가벼운 발 평생 꿈이니
물살 위를 헤쳐가는 저 신세 그립네.
피라미처럼 조금 먹고 조금 싸는 일
그러면 똥통 막대기 꾸중도 덜 들으리.

겨울산

冬至 지나 잎 다 지자
함박눈이 앞 山을 크게 안는다.
밤이 들자
다시 한번 크게 안는다.
어둠 속에서
모래 한 알을 품고 있다.

甲寺

落房에 홀로 남아
먼 하늘에서 참나무 장작 패는 소리를
藥으로 듣는 늦은 겨울날 오후

샘

구정물 속을 흘러간 샘물
세상은
구정물 그대로지만
샘물로
구정물에 墨畵를 치는 일

응달의 뜻

저 아래 골짜기 잔설들은
무슨 수심 있어 제 혼자 응달 이루는가.
능선을 넘었다가 되돌아올 때
그 뜻 물을 필요 없어졌다.

閑夏

　이끼 젖은 石燈 위로 기어오르는 법당 다람쥐들 한가
롭고
　마당의 꽃그림자 한가로이 창 앞에서 흔들린다.
　모시발은 앞과 뒤가 모두 공해서
　푸른 산빛 맑은 바람 서로 깨친다.

偶吟

늦은 저녁 늦종소리 발등 멈추게 하고
무덤가 바람소리 송뢰소리 귀 잡아당겨도
밤에는 절벽으로 돌아누워 고요한 얼굴 대한다.
하루 하루가 망망대해.

고구마 부대

폭설로 길 끊어지기 전 고구마 부대를 짊어진 채
어느 아비의 마음이 급한 산길을 달려 아들이 공부하는
암자로 올라가 아궁이를 지펴놓고 내려가나
벌써 산길 끊어졌다.

싸락눈

새로 바른 국화무늬 봉창가로
밤새 내리는 싸락눈.
창 열고 먼 하늘 잡목숲
바람 지나다니는 소리 귀 쏘인다.
멀고 아득해라
天山의 눈 밤새 밟고 걸어다닌 사람들.

白雲山

白雲山은 이 세상 산이 아니어서 오르는 길 없고

꽃빛 화창한 날 하루가 千年같이
구름 속 안개 봉우리만 내밀 뿐
학 기르던 옛 仙人들 건너다 보았을까

大吟

내 가거라,
나 장벽같이 닫아 걸고
추위 한 조각과 더불어
깨어 있어야겠다.

筑紫之松頌 *

1

바람 속을 뚫고 온 화살이라도 한 개 가슴으로 막으렷다.

2

이태 전쯤 얻어다 기른
筑紫之松 두 뿌리.
올여름 炎天地獄 속에서
놋날같이 쩟쩟한 줄기 뻗어
골짜기 숨은 山빛 끌어 내리다.

3

老翁 ** 께서 전해 주신 唐詩全書와 함께
서재 가까이 두고 보고 또 보느니
저녁나절 山밑바람 서늘한 한 자락

이마에 대어본다.

4

절대 물러설 수 없는
고요 속을
헤치고 헤쳐
앉아본다.

아, 먼지들의 고요함.
누군가 먼저 서재에 살아서
먼지에 구멍을 뚫고 있었구나.

이 깜깜한 어둠 속에서
우박이라도 맞으면
머리통이 환해질 텐데.

5

꿈 속에 玉流泉에 나앉아
仙童들의 맨발을 씻겨드리다.

쉬임 없이
맑은 구슬 항아리로 날아와서
白玉 위에 부어 드리고
또 부어 드리다.

6

눈 그친 저녁
깨뜨린 玉香
나날이 고요해.
살빛 푸르름에 젖어 얼다가
밤 깊으면 향기 더욱 고적해 오다.

7

누가 깨우려 들겠는가. 저 無心.

차라리
먼 하늘에 긴 장대를 휘둘러
竹이라도 힘차게 그리렷다.

---

* 筑紫之松(축자지송): 짚푸른 녹색 줄기에 자색기가 뻗쳐 있는 흡사
소나무와도 같은 기골이 서린 동양난.
** 老翁: 金達鎭 옹을 가리킴.

歲寒圖

나의 집은 앓아누운 집
잎과 가지가 좋은 나무
하늘을 보며 생각
하는 방
음악을 들을 수 있는 큰 방
나의 집은 주인이 눈구경 나가고
바람만 한가로이 마당을 쓸고 있다

구름의 편지

처녀시집을 보면,
갓 태어난 아기 예수의 눈동자를 보고 있는
스무 개의 눈동자가 들어 있다.

나무에 기대어
더 가까이
먼 곳을 듣는 감각이 살아 있다.

태풍 속에 抗進을 계속해 온 귀와
遠征의 깃대를 높이 세운 가슴들도
살아 있다.

스스로에게 帝王처럼 命令하고 노예처럼 복종해 온
神聖한 勞動도 살아 있다.

처녀시집을 펼치면
쇠못 같은 빗줄기 소리가 난다.
도마뱀 한 마리가 물섶으로 뛰어드는 소리도 난다.

그러나 처녀시집 속에는
네가 너를 쏘려 했던 피스톨이 아프게 묻혀 있다.
네가 5月의 우체국으로 한 짐 지고 가서
그리운 라이벌들에게 소포로 부친 햇살들은
이제 식고 없다.

처녀시집은 영원한 그리움이다.
부치기를 망설였던 순결한 영혼의 한때가
네게도 있었다.

처녀시집은 영원한 그리움이다.
왜냐하면 너의 라이벌은 너 자신이었으니까.

만약에 말이다.

내가 마지막 시집을 내게 된다면
나의 저작권은 흰구름에게 넘기련다.

내 主인

구름에게,
내 삶의 로열티도.

견인주의적 상상력의 시

유종호

1

사람을 사람이게 하는 기본적 충동의 하나에 주어진 자연 상태로부터 벗어나려는 욕구가 있다. 사람들이 옷가지를 걸치려는 것은 자연 상태로부터의 탈출 의욕에 관계된다. 문자 획득 이전의 '차가운' 사회에 살고 있는 사람들이 몸에다 색칠을 하는 것은 신분의 차이를 드러내기 위한 표지의 일환으로 그런다는 설명이 있지만 어쨌건 주어진 알몸에 만족하지 못하는 기본 충동에 관계되는 것일 터이다. 주어진 자연에 손을 보아 그것을 문화의 영역으로 옮겨놓음으로써 사람들은 자기 존재를 확인하려 드는 것인지도 모른다. 어쨌거나 문화로의 자연의 편입이 어떤 실용적 기능만을 내포하고 있는 것은 아니다. 가령 억제하기 어려운 슬픔을 당했을 때도 사람들은 동물적인 비명이나 육체 언어에 고스란히 스스로를 떠맡기지 않는다. 터져나오는 육체의 절규를 억제하고 조정해서 이를테면 슬픔을 양식화한다. 머리카락을 쥐어뜯으며 펄쩍펄쩍 뛰거나 주저앉아 몸부림치는 '차가운' 사회의 육체 언어를 접하고 나면 슬픔의 억제라는 예사로운 거지도 자연으로

117

부터 문화로의 이행이라는 오래된 훈련과 양식화의 결과일 것이라는 느낌을 금할 수 없다. 원숭이가 부단히 사람의 소행을 흉내 내려는 것과 반대로 사람은 짐승의 육체 언어를 버리려는 기본 충동을 가지고 있다. 짐승이나 금수와 달라지려는 기본 충동이 문화와 인간적인 것의 한복판에 있다 할 수도 있다. 동물은 인간이 거기서부터 부단히 벗어나려고 하는 수치스러운 타자이다. '금수와 다를 바가 무엇인가' 하는 준열한 상기는 동양 문화권에서 가장 유서 깊은 지엄한 윤리적 수사였다.

동물적 비명이나 육체 언어를 억제하고 감정을 조정했을 때 사람이 얻은 것은 무엇인가? 감정에 질서를 부여함으로써 그것을 더 잘 통어할 수 있고 그렇게 함으로써 삶이 요구하는 자질구레한 실무로 돌아갈 수 있다는 실용적인 측면도 있을 것이다. 번잡스러운 삶의 실무는 감정 탐닉의 정지를 요구하기 때문이다. 그러나 그것뿐만은 아닐 것이다. 사람들은 슬픔이나 상심의 계기에 전혀 무심한 몰인정을 탓하지만 동시에 감정의 적절한 절제는 그것 자체로서 숭상된다. 자연으로부터 멀어진 만큼 위엄과 품위를 갖춘 것으로 간주되는 것이다. 이때의 위엄이란 무엇인가? 그것이 도덕적 범주에 귀속되는 가치가 아닌 것은 분명하다. 그것은 마음가짐이나 태도나 기품에 관계되는 가치이다. 그리고 그만큼 외관에 관계되는 사항이다.

위엄이나 품위가 지나치게 강조되거나 추구될 때 부자연스럽다든가 거짓 외양이라는 비판이 따르게 마련이다.

많은 풍자문학이 이러한 거짓 외양을 겨냥하고 있기도 하다. 감정의 절제는 진정성의 상실로 비난받기도 하는 것이다. 그러나 위엄과 품위가 주어진 자연의 변경으로서 문화의 한복판에 자리 잡고 있는 것은 분명하다. 위엄이나 품위가 용기와 같은 윤리적 덕목에 뒷받침되어 있는 경우도 많다. 그러나 독자에게 고양감을 안겨주는 문학은 삶의 양식으로서의 위엄과 품위를 경험시켜 준다. 누군가의 말마따나 자연은 예술을 모방하게 마련이고 위엄과 품위의 문학은 그 나름으로 삶에 기여하고 삶을 형성하는 것이다. 대중문화의 풍미로 비속화 경향이 제어할 수 없이 확산되어 가는 오늘 위엄과 품위에 대한 지향은 그것 자체로서도 윤리적 덕목으로 근접해 간다고 할 수 있다. 비속성의 전파는 극복해야 할 정신적 공해의 한 국면이라고 생각되기 때문이다.

2

조정권의 시가 꾸준히 가꾸어 온 품성의 하나로 우리는 비속성의 거부와 이에 따른 기품의 추구를 들 수 있을 것이다. 시초에 모든 것이 들어 있다는 말을 맹신해서가 아니라 그 독특한 매력 때문에 우리는 그의 처녀시집 속의 시편에 다시 한번 주목하고 싶다. 시집 『비를 바라보는 일곱 가지 마음의 形態』 첫머리에서 보게 되는 작품을 예로 들어도 좋다.

空山 빈 껍데기 어둠 속으로
고른 소리로 비가 내려와,
가슴을 짚어 주며
그만 자거라, 자거라, 자거라.

벌거숭이 山속에서 一泊하는 비
밤새도록 베개머리맡을 적시며 적시며
자거라, 자거라, 자거라.

四面이 바다가 된 사내를
달래며 어루만지며
자거라, 자거라, 자거라.
                    ——「벌거숭이 山에서의 一泊」

   화투짝 空山 빈 껍데기의 흑백 추상화와 산속의 밤이
한데 어울려 산속의 어둠을 부각시키는 솜씨가 놀라움다.
이 작품에서 "四面이 바다가 된 사내"는 밤새 빗소리를
자장가로 듣고 있다. 필경 잠을 이루지 못하기 때문일 것
이다. 자연과 친화적인 관계를 가지면서 화자는 자연의
일부로서 자연에 귀속되어 있다는 느낌을 준다. 빗소리에
서 자연의 위로를 듣는 화자는 그러나 자기의 회포를 터
놓고 드러내지 않는다. 잠 못 이루는 불면의 영혼이 적어

120

놓은 이 고독의 시는 밤새 베개 머리맡을 적시는 一泊의
비에도 불구하고 축축한 감상주의의 습기와 완전히 無緣
하다. 그것은 감상주의로의 경사라고 하는 흔하디흔한 비
속성을 처음부터 멀리 하고 어떤 기품을 지향하고 있기
때문이다. 또 이 고독의 시가 1970년대의 시적 관용구와
동떨어져 있다는 점에서도 그 반속성의 일면은 다시 두드
러져 보인다. 그 점에서 「코스모스」는 진솔하면서도 재미
있다. 시인의 세계에 대해 각별히 지표 구실을 하는 시가
있게 마련인데 조정권의 경우 「코스모스」가 바로 그런 작
품이라고 생각되기 때문이다.

> 십삼 촉보다 어두운 가슴을 안고 사는 이 꽃을
> 고사모사(高士慕師)꽃이라 부르기를 청하옵니다.
> 뜻이 높은 선비는
> 제 스승을 홀로 사모한다는 뜻이오나
> 함부로 절을 하고 엎드리는
> 다른 무리와 달리, 이 꽃은
> 제 뜻을 높이되
> 익으면 익을수록
> 머리를 수그리는 꽃이옵니다
> 눈감고 사는 이 꽃은
> 여기저기 모여 피기를 꺼려
> 저 혼자 한구석을 찾아
> 구석을 비로소 구석다운 분위기로 이루게 하는

꽃이옵니다

자기 뜻과 심지를 가지고 제 자리를 지키는 일은 용기를 요하는 일이다. 「코스모스」는 첫시집 이후 조정권이 가꾸어 온 세계, 때로 변모하고 갈짓자 걸음이 있었다 하더라도 꾸준히 지켜온 자기 자리를 시사하는 예증적인 작품이다. 그가 일관되게 지향해 온 것은 타락한 시대의 비속성에 오염되지 않는 高士에 대한 흠모이다. 이미 최동호가 되풀이 주목한 바 있지만 빗줄기에서 쇠못을 보는 강인한 정신도 이 高士 지향과 연결되어 있다.

　새앙철 지붕 위로 쏟아지는 쇠못이여
　쇠못 같은 빗줄기여
　내 어린날 지새우던 한밤이 아니래도 놀다 가리라.

　잔디 위에 흐느끼는 쇠못 같은 빗줄기여
　니맘 내 다 안다
　니맘 내 다 안다
　　　　　　　　　　──「비를 바라보는·하나」

비속한 물질주의와 그 구현인 대중문화가 휩쓸고 있는 번지르르한 외양의 시대에 高士됨을 간구한다는 것은 십삼 촉짜리 불빛에 의존하여 밤을 새우는 것처럼 가슴 허전한 일일 터이다. 그러기 때문에 그런 가슴 허함을 이겨

122

내기 위해서는 공산 빈 껍데기의 시꺼먼 어둠과 쇠못 같은 빗줄기와의 친화적 관계가 필요한 것인지도 모른다. 어쨌거나 처녀시집에서 「山頂墓地」 연작에 이르는 조정권 시의 일관된 기본 충동의 하나는 위엄과 기품의 성취로 요약되는 高士 지향이다. 이에 말미암은 비속성의 거절에 그의 시의 독특한 매력이 있다.

3

　일정한 성취에 이른 시편은 이전에 씌어진 비슷한 소재의 작품과 은연중 대응 내지는 보족 관계를 이루면서 시적인 교신을 주고받는다. 이런 교신이 활발히 이루어지는 의미의 磁場에 귀를 열고 선다는 것이 독자 편의 '수용'이라는 모험일 것이다. 이러한 의미의 자장에서 「山頂墓地」는 가령 "당신의 눈짓은 이상한 치유력에 빛나고 있습니다. 상쾌한 오전의 山嶺이었습니다"고 적고 있는 김춘수의 「午前의 山嶺」이나 "기억을 잃은 새벽의 묘지는 잔잔한 바다"라고 적고 있는 박희진의 「미아리 묘지」와 은밀한 신호를 교환하고 있을 터이다. 혹은 멀리 바다를 건너 지중해 연안의 「해변의 묘지」와도 의미 있는 눈짓을 주고받을 것이다. 난삽한 「해변의 묘지」는 피상적인 수준에서 받아들인다 해도 그것이 삶과 죽음의 대조를 보여주고 있다는 것은 분명히 드러난다. 비너스가 태어난 바다는 생명의 모체일 뿐 아니라 "바람이 인다……살아야겠다"는 마지막 연의 구절이 명시적으로 그것을 보여주고 있기도 하다. 그러면 이렇게 교차하는 의미의 자장에서 山頂이 함축하는 것은 무엇인가? 그것은 필시 高士의 정신이 지향하는 어떤 것일 터이다. 더 보탤 것도 뺄것도 없이 당차게 응축되어 있는 22번 시편을 보아도 그것은 으젓하게 드러난다.

> 地上에 비내리고 山頂엔 눈내린다
> 눈은 어찌하여 地上까지 오기 꺼리는가
> 산봉우리에 학처럼 깃들고 싶은
> 저 뜻 숨기기 위함인가

통속과 허영의 저자인 지상에 비 되어 내리는 것이 산꼭대기에선 순백의 눈이 되어 학처럼 깃들이고 있다. 눈은 불결한 허영의 저자로 내려오기를 거부하는 것이다. 눈과 학으로 표상된 것이 孤高 지향의 淸淨 의지임은 말할 것도 없다. 전통적인 상징법에 있어서와 마찬가지로 흰색은 무구한 청정성의 표상인 것이다. 타락한 지상은 6번 시편에서 다시 이렇게 정의된다.

> 아녀자가 기른 蘭에도 향기가 없고
> 대장부가 기른 竹에도 氣品이 없다
> 세상 온 구석에

뼈를 찔러 넣는 寒氣마저 없다.

기품 없고 향기도 없이 썩은내만 진동하는 지상의 저자
에서 시인은 혹은 화자는 차라리 겨울 산봉우리의 寒氣를
간구한다. 우리는 후끈한 기운에서 탁한 공기를 실감하고
한기에서 맑은 공기를 연상한다. 차가운 공기를 맑은 공
기로 감득한다는 것은 과학적으로는 하나의 착각이다. 그
러나 이 착각의 공감각은 우리에게 착실한 실감으로 다가
온다. 겨울 한데에 사람이 없음이 시사하듯 그것은 孤高
의 기운이기도 하다. 이렇게 해서 「山頂墓地」는 통속과 비
속성에서 벗어나 있는 청정한 정신의 처소로 드러난다.

　　겨울 산을 오르면서 나는 본다.
　　가장 높은 것들은 추운 곳에서
　　얼음처럼 빛나고,
　　얼어붙은 폭포의 단호한 침묵.

「山頂墓地」 연작시는 이렇게 시작되고 있다. 분명히 이
것은 풍경의 서술이다. 그러나 또 풍경 이상의 것을 담고
있다. 육체의 감각기관이 포착한 풍경이라기보다는 마음
이 투사하는 내면풍경이기도 하다. 근대 과학의 귀납적
설명이 있기 전 서양에서는 시각 활동이 눈에서 스스로
빛을 발사함으로써 이루어지는 것으로 여겨졌다. 기민하
고 날카로운 시력을 가진 시라소니는 따라서 가장 날카로

운 빛을 발하는 짐승으로 간주되었다. 군자를 해치지 않고 그 형형한 눈빛으로 밤길을 밝혀준다는 민담 속의 호랑이도 이를테면 비슷한 자가 발전적인 시각을 가지고 있는 셈이다. 비유해 말해 본다면 「산정묘지」의 풍경은 이렇게 자가 발전적 안광에 의해서 드러난 풍경이다. 최동호와 이남호가 조정권의 시를 얘기하면서 거론하는 정신주의의 실체는 이러한 내면풍경을 가리키는 것으로 이해할 수 있다. 시인이 "얼어붙은 폭포의 단호한 침묵"이라고 적을 때 우리가 주목하게 되는 것은 그 차가운 견고함의 가열성이다. 추운 곳에서 얼음처럼 빛나고 있는 높은 것들은 바로 산정의 실체요 시인의 청정 의지가 간구하는 것이다. "가장 높은 정신은 가장 추운 곳을 향하는 법"이란 경구적 구절은 이렇게 해서 생겨난 것이다. 추위와 얼음과 높은 것의 이미지는 다시 이렇게 되풀이된다.

갈가마귀 울음 자옥이 잦아가는
언 하늘에
온통 시퍼런 靑竹을 치겠다.
삭풍이여, 삭풍이여,
우리를 다시 한몸으로 묶으라.
또 한 차례 땅속 깊은 뿌리들을 출렁이게 하고
우리들을 다시 한 뿌리로 묶으라.
그리고 지상에 홀로 남아
칼을 입에 물고 노래하는 歌人을

오래 머물게 하라.
切腹의 시대가 온다.

──「山頂墓地·5」

언 하늘을 종이삼아 시퍼런 靑竹을 그리겠다는 것은 다
시 가열한 청정기개의 의지의 표백이다. 그것은 예언자적
풍모마저 띠고 있다. 매서운 삭풍을 향해 한몸으로 묶어
달라는 화자는 입에 칼을 물고 있는 歌人이기도 하다. 우
리는 다시 한번 이 연작시에서 한 견인주의자가 스스로에
게 과하는 시련의 매서움을 느끼게 된다.

밤이여 이제 출동명령을 내리라.
좀더 가까이 좀더 가까이
나의 핏줄을 나의 뼈를
점령하라, 압도하라,
관통하라.

──「산정묘지·1」

이 점 벼랑, 벼랑끝, 절벽이 조정권 시에 가장 빈번히
나타나는 이미지의 하나라는 것도 주목할 만하다. 그것은
삶에 대한 견인적 태도를 시사하는 기호 구실을 한다. 사
람의 발길에서 멀고 늘 죽음을 상기하게 마련인 절벽 위
에 처소를 마련하는 것은 옛 고사들의 관행이기도 하였
다. 한편 시인에게 있어 삶은 이렇게 요약되기도 한다.

우리는
땅에서 태어나 땅에서 좌초한 인간들.

가 닿을 수 없는 높이를 강인하게 추구하다가
寒氣를 끌어모아 서리를 뱉어내는 겨울 땅에
결국은 드러눕는 인간들.

언젠가 이른 봄 그대들이 찾아낸 새파란 무덤 하나

그대를 향해 왈칵 달려드는 풀내음
그것이 우리가 끝까지 살아야 했던 이유이다.
———「산정묘지·19」

　　조정권 시의 견인주의는 자연 삶에 대한 허황한 낙관론
을 가지고 있지 않다. 삶은 강인하게 견디어 내야 할 어
떤 것이고 그것도 추위와 얼음 속에서 참아내야 할 어떤
것이다. 그리고 유일한 덕성은 산봉우리의 높이와 기품과
청정을 지향하는 것이다. 그리하여 "고운 티끌들을 곱게
적시다가 사라져 버린 고요한 흔적뿐"인 눈의 자취는 견
인주의가 희구하는 삶의 궤적이다. 유일한 허영이 있다면
이렇게 흉한 자국 없이 지상에서 사라지는 것이다.
　　물론 연작 시편이 이렇게 견인주의적 청정 의지의 간구
표백으로 시종하고 있는 것만은 아니다. 거기에는 젊은
날의 추억도 있고 철 이른 참회도 있고 보다 나은 미래에

대한 대망이 있다. 신약성서에의 곁눈질이 있는가 하면
횔덜린에서 레비스트로스에 이르는 교양 체험에 대한 단
편적 언급도 있다. 이 모든 것이 유기적으로 얽혀 있거나
통시적 발전적 서술을 얻고 있는 것도 아니다. 그럼에도
불구하고 30편에 이르는 연작시들을 한 타래로 묶어놓고
있는 조직 원리가 있다면 그것은 무엇인가? 그것은 높고
차고 청정한 것에 대한 견인주의적 동경, 본원적인 진정
성에 대한 끊임없는 간구로 요약되는 지상 탈출 욕구라고
말할 수 있을 것이다. 이러한 동경과 간구는 보기 드문
위엄과 기품을 통해서 절절한 표현을 얻고 있다. 그리고
그 성취는 대중문화의 비속성이 삶의 구석구석으로 스며
번지고 있는 오늘 예스러우면서도 신선한 충격을 가지고
있다.

4

　촌스러운 모더니즘이 시의 대세를 이루고 있던 한 시절
을 최근엔 민중시가 대체하고 있었다는 느낌을 준다. 민
중시의 뚜렷한 공적이 있다면 그것은 매력없는 불투명성
을 멀리하고 平明한 삶의 언어에 시를 의탁했다는 점이
다. 그 결과 우리 시는 유례 없는 명징성을 획득하고 나
날의 삶으로 근접하게 되었다. 그리고 시를 독자에게 전
례 없이 친숙하게 만들어 주었다. 그러나 한편으로 그 자

체의 매력 없는 세목으로 경사하는 경우도 없지 않았다. 엇비슷한 복제감정의 대량생산 경향과 지나친 평명성이 시를 감칠맛 나지 않는 일회용 소비재로 바꿔놓는다는 위험성은 절절한 호소력의 확보를 위해서 일부의 민중시가 극복해야 할 사안일 것이다. 최초의 충격으로 되돌아가 본다는 것은 자기 갱신 능력의 충전을 위해서 필요한 것일 터이다.

「山頂墓地」 연작의 대부분은 어떻게 보면 민중시가 지향하는 것과는 대체로 대척적인 충동을 가지고 출발하고 있다. "地上에서 山頂으로 올라간 오랜 안식자"들이란 구절에서 볼 수 있듯이 지상적 삶을 초월하려는 '本鄕'에의 충동을 가지고 있기 때문이다. 또 의식적으로 평명성을 등지려는 것은 아니겠으나 시의 호흡이 길어지는 그만큼 모호한 시적 행간도 불어나고 있는 것이다.

몇 편을 제외하고 연작시의 대부분은 호흡이 길다. 긴 호흡을 종결어의 적절한 변화를 통해서 조절하고 단조함을 피하고 있다. 그러나 시의 호흡이 짧은 단시가 예기와 기품을 가지고 있는 반면 긴 시적 호흡이 긴장의 해이를 조성하고 있는 것이 눈에 뜨인다. 가령 또 하나의 4행시인 시편 24를 읽어보기로 하자.

들어오너라, 너! 서슬퍼런 겨울.
내
삭풍을 후려치는 참나무가지 들어

130

네 못된 사나운 힘 수그려 놓으리라.

사나운 겨울을 제압하려는 기개가 과부족 없는 말수를
통해 당찬 기운을 얻고 있다. 우리는 적절한 말이 제자리
를 찾아 팽팽한 긴장을 빚어놓고 있음을 보게 된다. 연작
시편과 동떨어져 있는 단시에서 공통적으로 발견할 수 있
는 특징이다.

늦은 저녁 늦종소리 발등 멈추게 하고
무덤가 바람소리 송뢰소리 귀 잡아당겨도
밤에는 절벽으로 돌아누워 고요한 얼굴을 대한다.
하루하루가 망망대해.
──「偶吟」 전문

"그러나 한번 잠든 정신은/ 누군가 지팡이로 후려치지
않는 한/ 깊은 휴식에서 헤어나지 못하리./ 하나의 형상
역시/ 누군가 막대기로 후려치지 않는 한/ 다른 형상을
취하지 못하리"란 대목이 시사하듯이 그것은 조정권이 가
지고 있는 禪에 대한 경도와 관련된 현상이 아닌가 생각
된다. 깨달음과 득도를 지향하는 禪이 즉시적이고 직관적
인 현실 이해를 겨냥하고 있다고 할 때 그것은 찰나적이
고 순간적인 번뜩임 속에서 실현될 터이다. 그것은 분석
과 해석의 우회를 거치지 않는다. 깨달음은 섬광적인 것
이지 추론적인 지적 조작 과정의 끝머리에 정좌하고 있는

것이 아니다. 직관적인 통찰이란 것은 대체로 무의식의 의식화에서 빚어지는 것이라고 생각되지만 어쨌건 長考의 소산은 아니다. 그것은 언어 표현을 거칠 때도 짧음 속에서 실현된다. 조정권 단시의 예기 성취를 이렇게 설명할 수 있는 것이라면 시적 호흡이 긴 작품 속에서 왕왕 보게 되는 긴장 해이의 규명도 멀리에서 구할 필요는 없다. 禪은 말을 불신하고 수다를 경계한다. 선의 발상법에 익숙한 시인이 시적인 호흡을 늘릴 때 당치않은 산문적 요설이 튀어 나오기도 하는 것이다. 모호성을 간직한 채로 가령 연작의 시편 5가 결곡한 기개로 응축되어 있는 반면 "설탕의 단맛이 더 싱거워지고/ 소금의 싱거운 맛이 쓴맛으로 바뀐 세상이 오자, 아예 上溪洞 마천루단지로 옮겨"와 같은 구절의 시편 23이 느슨해지는 것은 당연한 일이기도 하다.

모든 사람들이 다투어 일용할 양식을 도모해 탐욕의 저자로 몰려갈 때 조정권은 역부러 삭풍을 맞으러 山頂을 향해 갔다. 얼음과 만년설과 寒氣의 벼랑에서 그는 견인주의의 기개를 길렀고 비속한 시대를 질타했다. 그리고 미래의 '歌人'을 기다리며 '切腹' 시대의 도래를 예고했다. 그리고 그것은 시인의 위엄에 값하는 기품 있는 거지였다. 위엄과 기품이 도처에서 사라져 가는 오늘 그것은 삶의 외경을 복원시키는 일이기도 하다. 세속화 시대에 聖的인 것을 복원하기는 어려운 일이지만 삶의 외경감의 복원 없이는 사람다운 삶의 구상도 불가능하다. 문학에

있어서의 존엄과 기품의 회복은 이제 도덕적 요청이 되어
간다는 감개마저 금할 수 없다. 그러므로 우리는 "얼음
한 조각 들고 내 처음 올라온 길 찾아 내려가네"라고 적
고 있는 시인에게 묻지 않을 수 없다. 지상의 삶은 어떻
게 있어야 하느냐고. 그리고 우리는 시인의 답변이 응당
시로 이루어져야 한다고 믿는다. 왜냐하면 「山頂墓地」의
시인은 완전히 세상을 등진 寒山子가 아니며 淸淨無爲로
자족할 수만도 없겠기 때문이다.

뒤엉긴 바위 벼랑에 나는 사노니
날짐승의 길이 인적을 끊어 놓았도다.
마당 건너편엔 무엇이 있느뇨?
흰 구름 무삼 돌을 안고 있도다.

重巖我卜居
鳥道絶人跡
庭際何所有
白雲抱幽石

작가 연보

1949년 서울 출생.

양정 중고등학교, 중앙대 영어교육과 졸업.

1970년 박목월 선생 추천으로 《현대시학》(주간 전봉건)을 통해
등단.

1977년 첫 시집 『비를 바라보는 일곱 가지 마음의 형태』(조광
출판사) 출간.

1977-1983년 예술종합지 《공간》 편집장과 주간 역임.

1982년 제2시집 『시편(詩篇)』(문학예술사) 출간.

1983년-현재 한국문화예술진흥원 근무.

1985년 「수유리 시편」으로 제5회 녹원문학상 수상.

제3시집 『허심송(虛心頌)』(영언문화사) 출간.

1987년 제4시집 『하늘이불』(나남) 출간. 이 시집으로 제20회 한
국시인협회상 수상.

1991년 제5시집 『산정묘지』(민음사) 출간. 이 시집으로 제10회
김수영문학상, 제7회 소월시문학상 수상.

1994년 「튀빙겐 가는 길」로 제39회 현대문학상 수상.

1995년 제6시집 『신성한 숲』(문학과지성사) 출간.

1996년 이화여대 국문과 문예창작(시) 강사 역임.

1997년   첫 시집 『비를 바라보는 일곱 가지 마음의 형태』(문학
         동네) 재출간.
         파리 8대학 클로드 무샤 교수의 번역으로 「산정묘지 1」
         이 《포에지》 20주년 기념호에 소개됨.
2000년   한대균과 질 시르의 공역으로 프랑스어판 『산정묘지
         (*Une tombe au sommet*)』(프랑스 시르세 출판사) 출간.
2001년   프랑스어판 『산정묘지』가 한국문학번역상(한국문학번역
         원) 수상.

산정묘지

오늘의 시인 총서 · 14

1판 1쇄 1991년 7월 5일
1판 7쇄 1996년 8월 10일
개정판 1쇄 2002년 9월 5일
개정판 5쇄 2020년 10월 14일

지은이 조정권
펴낸이 박근섭, 박상준
펴낸곳 (주)민음사

출판등록 1966. 5. 19. 제 16-490호
서울특별시 강남구 도산대로1길 62(신사동)
강남출판문화센터 5층 (우편번호 06027)
대표전화 02-515-2000 팩시밀리 02-515-2007

www.minumsa.com

값 9,000원

© 조정권, 1991, 2002, Printed in Seoul, Korea

ISBN 978-89-374-0614-0 04810
ISBN 978-89-374-0600-3 (세트)